がんばれ！ ルルロロ

あいはらひろゆき／著

★小学館ジュニア文庫★

もくじ

がんばれ！
ルルロロ
TINY★TWIN★BEARS

CHARACTER
キャラクター

ルルロロのかぞく

ルルロロ

かわいいふたごのおんなのこ。
ひだりがルルで、みぎがロロ。
ときどきないちゃうけれど、とってもがんばりやさん。
まいにち、あたらしいおしごとにちょうせんしている。

パパ

おっとりした
せいかく。

ママ

やさしくて
しっかりもの。

おばあちゃん

いつもやさしくルルロロを
みまもってくれていて、
おいしいおいもの
クッキーをやいてくれる。

ママがおねつ！

かわいいふたごのおんなのこ、ルルとロロは、げんきながんばりやさん。

あめがふっても、あらしがふいても、そんなことはへーっちゃら。

きょうもおしごと、がんばります。


あさから、とってもげんきなルルロロちゃん、ラジオたいそう、いちにのえい〜！

「あ〜、おなかすいた〜！」

「ママ〜、あさごはん〜！」

しょくどうまで、いちもくさんにはしります。

でも、キッチンにいたのはおばあちゃんだけ。

「あれ〜、ママは？」

「ママは？」

ルルロロちゃんがきくと、

「ママ、ちょっとおねつがでちゃったみたいなの」

と、おばあちゃん。

「え〜〜〜〜？」

それまで、あんなにげんきだったルルロロちゃん、
あっというまに、かおはまっさお、ひざはがくがく。

「ママがおねつ……たいへん、どうしよう？」

すぐに、ママのおへやにとんでいっ

たのでした。

ルルロロちゃん、ママのおねつがひどくならないように、しーずかに、しーずかに、おへやにはいりました。

ママはベッドによこになって、くるしそうなかお。

それをみて、ますますしんぱいになったルルロロちゃん、ママのベッドにちかづくと、しーずかに、しーずかにはなしかけました。

「ママ、おねつだいじょうぶ？」

ママは、ゆっくりめをあけると、よわよわしいこえでこたえました。

「ごめんね、ルルロロちゃん。すこしやすませてね」

ルルロロちゃん、ママのそんなこえをきいたのは、うまれてはじめてでしたから、それはもうびっくりしたのでした。

ルルロロちゃん、いそいでキッチンにもどるとおばあちゃんにききました。

「ママ、すごくぐあいがわるそうなの」

「ねえ、どうしたらいい？」

「ふたりが、いっしょうけんめいかんびょうしてあげたら、なおるんじゃないかい？」

おばあちゃんがいいました。

「かんびょう？」
「ママのおせわをしてあげることさ」
「そうかー、よーし！」

「ぴっ、けーれー！
きょうのおしごとは、
いっぱいいっぱい、かんびょうして、
ママのおねつをなおしちゃうことー。
えいえいおー！」

ルルロロちゃん、さっそく、おばあ
ちゃんにきいてみます。

「ねえ、おばあちゃん。ママのおねつがすーぐなおっちゃうものって、なあに?」

「なあに?」

「ねつがあるなら、まずあたまをひやさなきゃね」

おばあちゃんはこたえました。

「そうかー、よーし!」

ルルロロちゃん、せんめんじょにとんでいくと、せんめんきにみずをいっぱいためて、タオルをどんどんとほうりこみます。

そして、ふたりでちからをあわせて、ぬれたタオルをぎゅぎゅぎゅーっとしぼりま

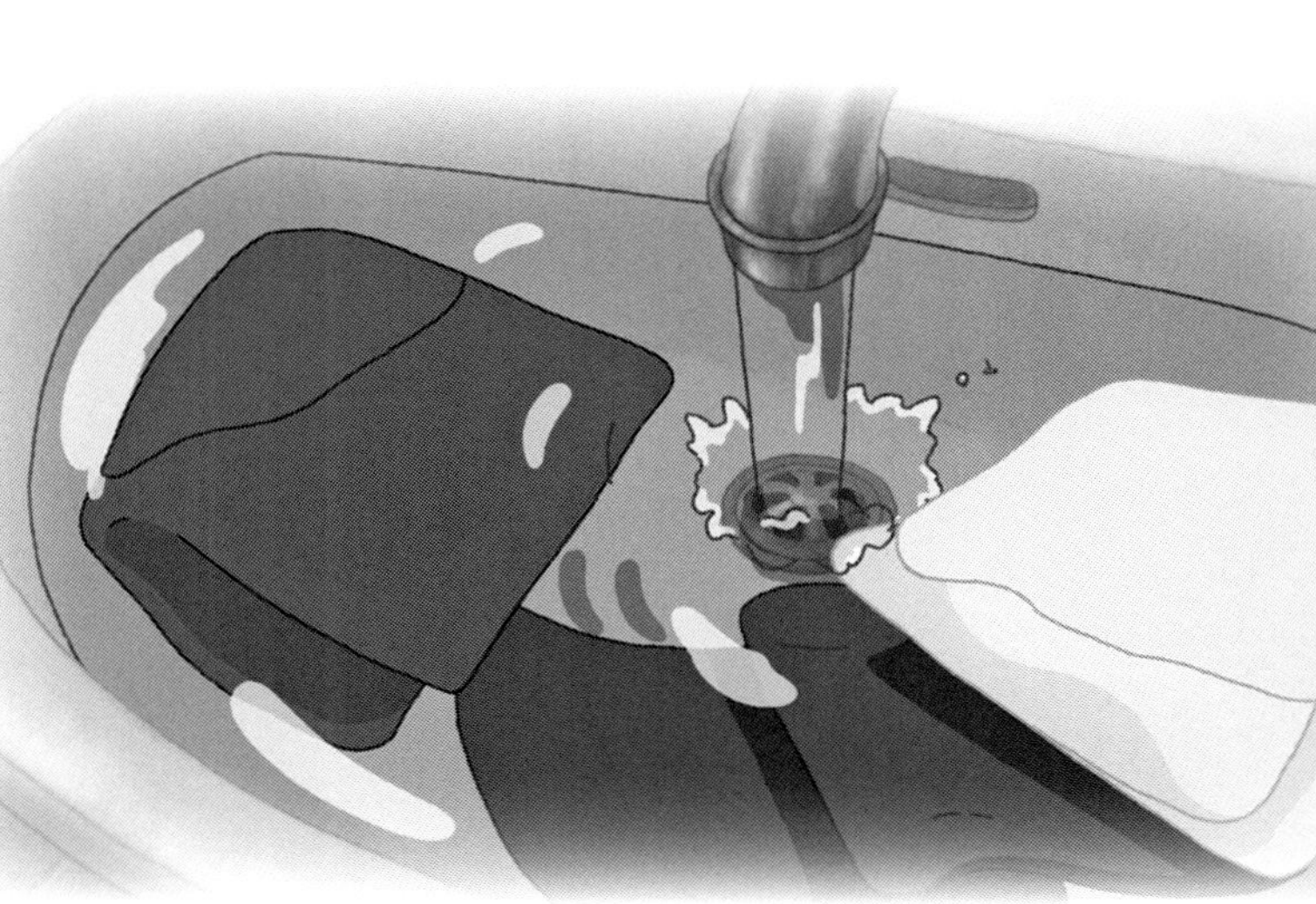

す。

　ところがたいへん、いきおいがよすぎて、くるくるくるりん、ルルロロちゃんのほうがくるくるとまわってしまったのでした。

　それからふたりは、びしょびしょのタオルをママのおへやにはこびました。

「ママ、つめたいタオルもってきたよ」

「これであたまひやしたら、おねつなんかすーぐなおっちゃうからねー」

ルルロロちゃん、ママのおでこにタオルをつぎからつぎからのせていきました。

そしてすぐに、めをきらきらさせて、

「どう？　ママ。もう、おねつなおった？」

「なおった？」

と、きいたのでした。

「ごめんね。もうすこしねかせてくれる？」

ママはこたえます。

「わかった……」

ふたりは、しょんぼりうなだれて、おへやをでていきました。

がっかりしたルルロロちゃん、おばあちゃんにいいました。

「ママのあたまひやしたけど、おねつなおらなかった」

「なおらなかった」

「そんなにすぐにはねえ……」

おばあちゃんはこまったかお。

ルルロロちゃん、おばあちゃんにきいてみます。

「ママのおねつが、すーぐなおっちゃうおいしいたべものって、なあに？」

「なあに？」

「そりゃ、ねつにはあったかいスープがいちばんさ」

「そーかー。よーし！」

ルルロロちゃん、おにわをあっちこっちとはしりまわって、おねつにきくハーブのはっぱをいっぱいあつめると、おばあちゃんといっしょにあったかいスープをつくりました。

それからふたりは、スープをママのおへやにはこびます。

「ママ、おいしいスープつくってきたよ」

「これのんだら、おねつなんかすーぐなおっちゃうからね」

ルルロロちゃん、ふーふーしながら、ママにスープをのませてあげました。

ルルロロちゃんがおねつのときに、よくママがしてくれたので、ちゃんとおぼえていたのです。

そして、スープをのませるとすぐに、めをきらきらさせて、

「どう？　ママ。もう、おねつなおった？」

「なおった？」

と、きいたのでした。

「ごめんね。もうすこしだけねかせてくれる？」
ママはこたえます。
「わかった……」
ふたりは、しょんぼりしょんぼりうなだれて、おへやをでていきました。

がっかりしたルルロロちゃん、おばあちゃんにいいました。

「ママにあったかいスープのませたけど、おねつなおらなかった」

「なおらなかった」

「そんなにすぐにはねえ……それじゃあ、ママにおてがみかいてあげたらどうだい？」

「おてがみ？」

「ルルロロちゃんのおてがみよんだら、ママ、げんきがでるんじゃないかねえ？」

「そーかー、よーし！」

ルルロロちゃん、おへやにもどると、ママにおてがみをかきました。

ママがわらっているえもかきました。

ママのすきなおほしさまのえもかき

ました。

おてがみに「だいすきだよ」のキスもしました。

「これで、よしっと！」


それからふたりは、おてがみをたくさんもってママのおへやにいきました。

「ママ。おてがみ、いっぱいいっぱいかいてきたよ」

「これよんだら、おねつなんかすーぐなおっちゃうからね」

ルルロロちゃん、ママのまくらもとに、

おてがみをいっぱいならべました。

そして、ママがおてがみをひとつよみおわるとすぐに、めをきらきらさせて、

「どう？　ママ。もう、おねつなおった？」

「なおった？」

と、きいたのでした。

「ごめんね。もうほんのすこしだけねかせてくれる？」

やっぱり、ママはこたえます。

「わかった……」

ふたりは、しょんぼりしょんぼりしょんぼりうなだれて、おへやをでていきました。

ルルロロちゃん、ママのことがしんぱいでしんぱいで、すっかりげんきがなくなってしまいました。

おばあちゃんのおひざで、あんずのシャーベットをたべながら、

「いっぱいかんびょうしたのに、ママのおねつぜんぜんなおらない……」

「なおらない……」

「ママがしんじゃったらどうしよう？」

と、いまにもなきだしそうになったのでした。

よるになりました。

ルルロロちゃん、こっそりとママのおへやをのぞいてみました。

すると、おへやのおくからこえがしました。

「ルルロロちゃん」

ママのこえでした。

「おいで」

ルルロロちゃん、ママのまくらもと

にいきました。

「ルルロロちゃんがあたまをひやしてくれたから、とってもきもちよかったわ」

「ほんと？」

「スープもおいしくて、からだがぽっかぽかになったわ」

「ほんと？」

「おてがみもぜーんぶよんだわ。ママ、うれしくてなみだがでちゃった」

「ほんと？」

「ええ、ほんとよ」

それからルルロロちゃん、ゆうきをだし

てきいてみました。

「ママ。もう、おねつなおった？」

ママは、にっこりほほえんでこたえました。

「ええ、ルルロロちゃんのおかげですっかりなおったわ。ありがとう」

ママは、ふたりをやさしくだきしめました。

うれしくてうれしくて、ルルロロちゃん、とうとうあ～んとなきだしてしまいました。

それからルルロロちゃん、ママにぎゅーっとくっついて、とってもしあわせなきも

ちでねむったのでした。

ママのおねつがなおってよかったね、ルルロロちゃん。

おきにいりの
ワンピース

かわいいふたごのおんなのこ、ルルとロロは、げんきながんばりやさん。
あめがふっても、あらしがふいても、
そんなことはへーっちゃら。
きょうもおしごと、がんばります。

「ぴっ、けーれー！
きょうのおしごとは、
おきにいりのワンピースをきて、
ママとおでかけすることー。
えいえいおー！」

ルルロロちゃんがずっとたのしみにしていた、ママとのおでかけのひがやってきました。

「あれもしたいなあ、これもしたいなあ」

ルルロロちゃん、うれしくて、あさはやくめがさめてしまいました。

さっそく、まくらもとにたたんでおいたかわいいワンピースをきて、ママのところにとんでいきました。

「ママ、おでかけいこう！」

「いこう！」

ルルロロちゃん、ママのまわりをくるく

るまわりました。

　でも、ママはルルロロちゃんのおようふくをみて、ちょっとこまったかおです。

「ルルロロちゃん、そのワンピースはきのうもそのまえも、きたんじゃなかったかしら？」

「うん！」

　ルルロロちゃんはげんきにうなずきました。

「それじゃあ、もうおせんたくしないといけないわね？」

ママはいいました。

「おせんたく？」

「そうよ。だから、ほかのおようふくにきがえてくれる？」

「いやー！」

「いやー！」

ルルロロちゃんはいうことをききません。

「どうしていやなの？」

「だって、このワンピース、おきにいりなんだもん」

「だから、きょうのおでかけも、このワンピースじゃなきゃいやなの！」

ルルロロちゃんはいいました。

ママは、ますますこまったかおになりました。

「いくらおきにいりでも、まいにちおなじおようふくをきるのはよくないですよ」

「いやー！」

ルルロロちゃん、きょうはなかなかいうことをききません。

「おきがえしないんじゃ、ママとおでかけはできないわ」

ママは、とうとうおこってしまいま

した。

「それでもいやなの！」

ルルロロちゃんもまけません。

「じゃあしかたない。ママ、ひとりででかけるわね」

ルルロロちゃん、それをきいてほんとはすごくこまりましたが、それでもワンピースをきがえるのはやっぱりいやでした。

ワンピースをぎゅっとつかんだまま、だだをこねるルルロロちゃんをみて、
ママはいいました。

「そう、わかった」

そして、へやをでていってしまいました。

「ママ……」

それをみたルルロロちゃん、めからなみだがぽろぽろとながれました。

「あ〜〜ん」

そしてとうとう、おおきなこえでなきだしてしまったのでした。


おやつのじかんになりました。

すっかりげんきのないルルロロちゃんをしんぱいしたパパが、プリンをだしてくれました。

でも、ルルロロちゃんはちっともたべたくありません。

「あまくておいしいぞ」

パパがすすめても、やっぱりたべません。

「よし、じゃあ、ルルロロのすきなサッカーでもしようか」

パパは、げんきのないふたりをわきにかかえて、おにわにつれていきました。

「さあいくぞー！　そーれ」

パパがけったボールは、ルルロロち

やんのよこをころころところがっていきました。

でも、ふたりはうつむいたまま、うごかないのでした。

すっかりこまったパパは、バルコニーにあるテーブルでジュースをのみながら、ルルロロちゃんにきいてみました。

「どうして、このふくがそんなにおきにいりなんだい？」

ルルロロちゃん、ちいさなこえでこ

たえました。

「だってこれ、おたんじょうびにママがかってくれたワンピースなんだもん」

ルルロロちゃんはいいました。

「だから、だいすきなんだ」

「そうだったのかあ」

「ママ、かったおようふくにかわいいリボンとアップリケをつけてくれて、たいせつにきてねっていったんだ」

ルルロロちゃん、おたんじょうびのときのことをおもいだして、いいました。

「あ〜あ、これきて、ママとおでかけした

かったなあ」

「したかったなあ」

ふたりは、すっかりしょんぼりして、ジュースをひとくちものまずに、じぶんたちのへやにもどっていきました。


へやにもどったルルロロちゃんは、たいせつなワンピースをていねいにたたんで、ベッドのまくらもとにおきました。

おひるねからおきたら、またきるためです。

それからワンピースをそっとなでてみま

した。
「ママがかってくれたワンピース」
「たいせつなワンピース」
ふたりは、つかれてそのままねむってしまいました。

ルルロロちゃんがおひるねからめをさますと、おにわからママのたのしそうなうたごえがきこえました。
まどからのぞいてみると、ママがふたりのワンピースをほしているところでした。

「たいへん！　わたしたちのワンピースが……」

ルルロロちゃん、いそいで、おにわにとびだしていきました。

それにきづいたママは、やさしくいいました。

「こうやってほしておけば、あしたにはかわくからね。

おようふくだって、ちゃんとあらってもらったほうがうれしいはずよ」

そして、にっこりとわらいました。

ルルロロちゃんは、きれいにせんたくさ

れたワンピースをみました。

ぽかぽかおひさまにてらされて、ワンピースはほんとうにきもちよさそうでした。

「このワンピース、ママがおたんじょうびにかってあげたのよね」

ママにいわれて、ルルロロちゃんはうなずきました。

「きにいってくれてありがとう。ママ、うれしい」

ルルロロちゃんは、なんだかはずかしくなって、もじもじしました。

「ねえ、ルルロロちゃん。　あした、このワンピースきて、３にんでおでかけしようか」

ママが、たのしそうにいいました。

「おいしいアイスクリームのおみせ、みつけたんだ」

「ほんと？　いきたい！　いきたい！」

「いきたい！　いきたい！」

ルルロロちゃん、とってもうれしくなって、ママのまわりをとびはねました。

「そういうとおもった！」

３にんの、あかるいわらいごえがひびき

ました。

ママとなかなおりできてよかったね、ルルロロちゃん。

ねえ、みてみて

かわいいふたごのおんなのこ、ルルとロロは、げんきながんばりやさん。
あめがふっても、あらしがふいても、
そんなことはへーっちゃら、
きょうもおしごとがんばります。

「ぴっ、けーれー！
きょうのおしごとは、
バレエをじょうずにおどって、
みんなにみせることー。
らんらららん！」

バレエきょうしつにかよいはじめたルルロロちゃん、とってもじょうずにおどれるようになったところを、ママやパパにみてもらいたくて、しかたありません。

さっそくママのところにやってくると、

「ねえ、みてみて」

くるくるくるんと、おどってみせました。

でも、おりょうりにむちゅうのママは、

「はいはい、そうね」

というだけで、ちっともみてくれません。

「ママったら、もういいわ」

ルルロロちゃん、おこってキッチンから

とびだしていきました。


ルルロロちゃん、こんどはパパのところにやってくると、

「ねえ、みてみて」

やっぱり、くるくるくるんと、おどってみせました。

でも、しんぶんにむちゅうのパパは、

「ほう、そりゃすごいなあ」

というだけで、ちっともみてくれません。

「ママもパパも、もういいわ」

ルルロロちゃん、またまたおこって、へ

やからとびだしていきました。

ルルロロちゃん、こんどはおばあちゃんのところにやってくると、

「ねえ、みてみて」

またまた、くるくるくるんと、おどってみせました。

でも、うとうといねむりをしていたおばあちゃんは、

「うん、そうかいそうかい」

というだけで、ちっともみてくれません。

「おばあちゃんまで！　もうしらない！」
ルルロロちゃん、とうとうぷんぷんおこって、どこかにいってしまいました。

よるごはんのじかんになりました。

「ルルロロちゃん、ごはんですよー！」

ママがよびましたが、へんじがありません。

「ルルロロちゃん、ごはんができましたよ～」

おばあちゃんもよびましたが、やっぱりへんじはありません。

「いったい、どこにいっちゃったんだあ？」

みんなでさがしていると、

「あたしたち、ここよー！」

というルルロロちゃんのこえが、おにわのほうからきこえてきました。


みんなが、あわてておにわにいってみると、ルルロロちゃん、なんときのうえにのぼっていたのでした。

「まあまあ、ルルロロちゃん、どうしてそ

んなところにいるんだい？」

おばあちゃんがきくと、ルルロロちゃん、

「だって、あたしたちのバレエ、ちっともみてくれなかったでしょ？」

「あたしたち、すごーくおこってるの！」

「だから、こーんなあぶないところにのぼってるの！」

とぷんぷんおこって、こたえたのでした。

「あぶないからおりろっていわれたっ

て、ぜーったいにおりてあげないんだから！」

ところがどういうわけか、それをきいたママやパパやおばあちゃんは、おもわず、くすくすとわらってしまったのでした。

だって、ルルロロちゃんがのぼっているきはとてもひくくて、ちっともあぶなくなかったのです。

「なんでわらってるのよ！」

ルルロロちゃん、ちっともしんぱいしてもらえないので、ますますぷんぷんおこっ

たのでした。

そんなわけで、パパとママはルルロロちゃんのバレエのはっぴょうかいをひらくことにしました。

「ママたちがわるかったわ。こんどはちゃーんとみるから」

ルルロロちゃんは、ママにききました。

「ママ、もうおりょうりしない？」

「うん、しないわ」

ママはきっぱりとこたえました。

ルルロロちゃん、パパにもききました。

「パパも、もうしんぶんもよまない？」

「もちろんだとも」

パパはしんぶんをたたんで、しまってしまいました。

ルルロロちゃん、おばあちゃんにもききました。

「おばあちゃんも、もうおひるねしない？」

「ごめんね、もうしないわ」

おばあちゃんは、すまなそうにこたえました。

「わかったわ。じゃあ、おどってあげる」

ルルロロちゃん、ぶたいのうえでおどりのじゅんびをしました。

ママとパパとおばあちゃんは、ルルロロちゃんがおどりだすのをいまかいまかとまちました。

それでも、ルルロロちゃんはなかなかおどりません。

「さあ、ルルロロ。がんばれ！」

パパがいいます。

「ルルロロちゃん、よーくみてるからねえ」

おばあちゃんもいいます。

「すてきなおどり、たのしみだわ」

ママもいいます。

それでも、ルルロロちゃん、ぶたいのうえでいしみたいにかたまったまま、ちっともおどりません。

「いったい、どうしたの？」

ママは、ルルロロちゃんにききました。

「どうしちゃったんだい？」

おばあちゃんもききました。

「どうしたっていうんだ？」

パパもききました。

そして、ママとパパとおばあちゃんは、ルルロロちゃんをじーっとみつめました。

ルルロロちゃん、ようやくもじもじしながら、こたえました。

「そんなにじろじろみられたら、はずかしくっておどれないわ」

こんどは、すっかりはずかしくなってしまったルルロロちゃん、ママやパパやおばあちゃんにおうえんされて、さいごにはう

れしそうにおどってみせたのでした。
たくさんたくさんおどって、たくさんたくさんほめてもらったルルロロちゃん、バレリーナすがたのままで、きもちよさそうにねむってしまいました。
ルルロロちゃんのおへやのつくえのうえでは、オルゴールのバレリーナがくるくるくるんとおどっていました。

バレエをみてもらえてよかったね、ルルロロちゃん。

ことりの
あかちゃん

かわいいふたごのおんなのこ、ルルとロロは、げんきながんばりやさん。

あめがふっても、あらしがふいても、そんなことはへーっちゃら。

きょうもおしごと、がんばります。


あるあめのひのこと、ルルロロちゃんがまどからおそとをながめていると、なにかがもぞもぞとうごくのがみえました。

「なんだろう？」

「なんだろう？」

ルルロロちゃんがおにわにいってみると、

ちいさなことりのあかちゃんが、あめにぬれて、ふるえているではありませんか。

「まあ、たいへん！」

ルルロロちゃんは、ことりをおうちにはこび、タオルでやさしくからだをふいてあげました。

しばらくすると、ことりはぷるっとはねをふるわせて、ぴーぴーとなきました。

「ことりさん、けがしてないみたい」

「かぜもひいてないみたい」

「よかったね」
「うん、よかったね」
「ぴっ、けーれー！
きょうのおしごとは、
ことりのあかちゃんのおせわをする
ことー。
えいえいおー！」

ルルロロちゃん、さっそく、おばあ
ちゃんにきいてみました。
「ねえねえ、おばあちゃん。ことりの

あかちゃんって、なにたべるの？」

「そうだねえ、りんごでもあげてみたらどうだい？」

おばあちゃんは、こうちゃをのみながらこたえました。

ふたりは、ことりのあかちゃんにりんごをあげました。

「さあ、りんごたべて」

「げんきがでるわよ」

ことりのあかちゃんは、りんごをおいしそうにたべました。

「うわあうわあ、おばあちゃん、あかちゃ

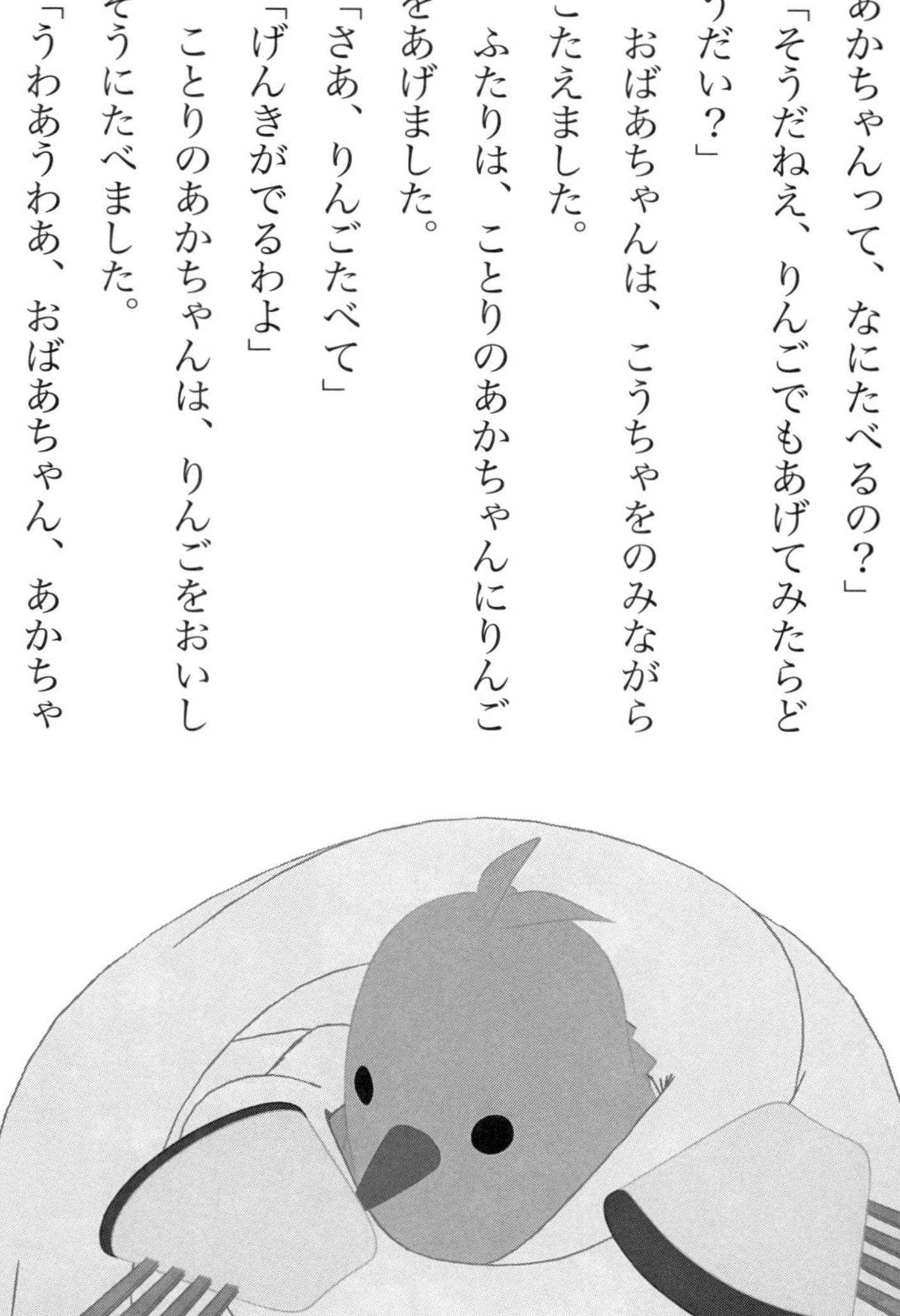

ん、りんごたべたよ！」
ルルロロちゃん、うれしそうにおばあちゃんにしらせました。

それから、ルルロロちゃんはいいことをおもいつきました。

「そうだ！　このこになまえをつけよう」

「うん、つけよう」

「ねえ、もぐもぐしてるから、もぐちゃんはどうかしら？」

ルルがいいました。

「なんだかもぐらみたい」

ロロがこたえます。

「じゃあ、きょろきょろしてるから、きょろちゃんはどうかしら？」

こんどはロロがいいます。

「なんだか、カエルみたい」

ルルがこたえます。

ルルロロちゃんがこまっていると、ことりのあかちゃんが
「ぴー」

となきました。

ふたりは、かおをみあわせていいました。

「ぴーちゃん！」

ルルロロちゃん、ことりのあかちゃんのことを
「ぴーちゃん」

とよんでみました。

ぴーちゃんは「ぴー」とこたえました。

「ぴーちゃん、おへんじしたね」

「うん、おへんじしたね」

ふたりはおおよろこびです。


それからルルロロちゃん、ぴーちゃんとおいかけっこをしてあそびました。

ルルロロちゃんがあるくと、ぴーちゃんもふたりのあとをぴょこぴょことついてきました。

ルルロロちゃんがはしると、ぴーちゃんもはしっておいかけてきます。

ルルロロちゃんがころんでしまうと、ぴーちゃんはふたりにとびのって、かおをやさしくつつきました。

「くすぐったいよお、ぴーちゃん」

「ぴーちゃん、くすぐったい」

ルルロロちゃん、おおわらいです。

ルルロロちゃん、ピーちゃんといっしょにおひるねもしました。

ピーちゃんをまくらのうえにおいてあげると、すぐにふたりのおふとんにはいってきました。

「まあ？　さびしいの？　ぴーちゃん」

ふたりは、しんぱいになっていいました。

「だいじょうぶよ。あたしたちが、あなたのママになってあげる」

「なってあげる」

「ぴーちゃん、だいすき！」

3にんは、ほおをよせあってねむったの

でした。

おひるねからおきて、ルルロロちゃんがおばあちゃんとおやつをたべていると、いちわのとりがまどをコンコンとつつきました。

「なんだろう？」

ふたりはかおをみあわせました。

とりはなんどもまどをつつきます。

「もしかして、ぴーちゃんのほんとのママ？」

「もしかして、ぴーちゃんをとりもど

しにきた？」

ルルロロちゃん、きゅうにしんぱいになりました。

「だめー！」

「ぜったいにだめー！」

だいすきなぴーちゃんをつれていかれたらたいへんです。

「ぴーちゃんをどこかにかくさなきゃ！」

ふたりは、へやじゅうはしりまわり、なんとかテーブルのしたにぴーちゃんをかくしました。

「よし、これでだいじょうぶ」

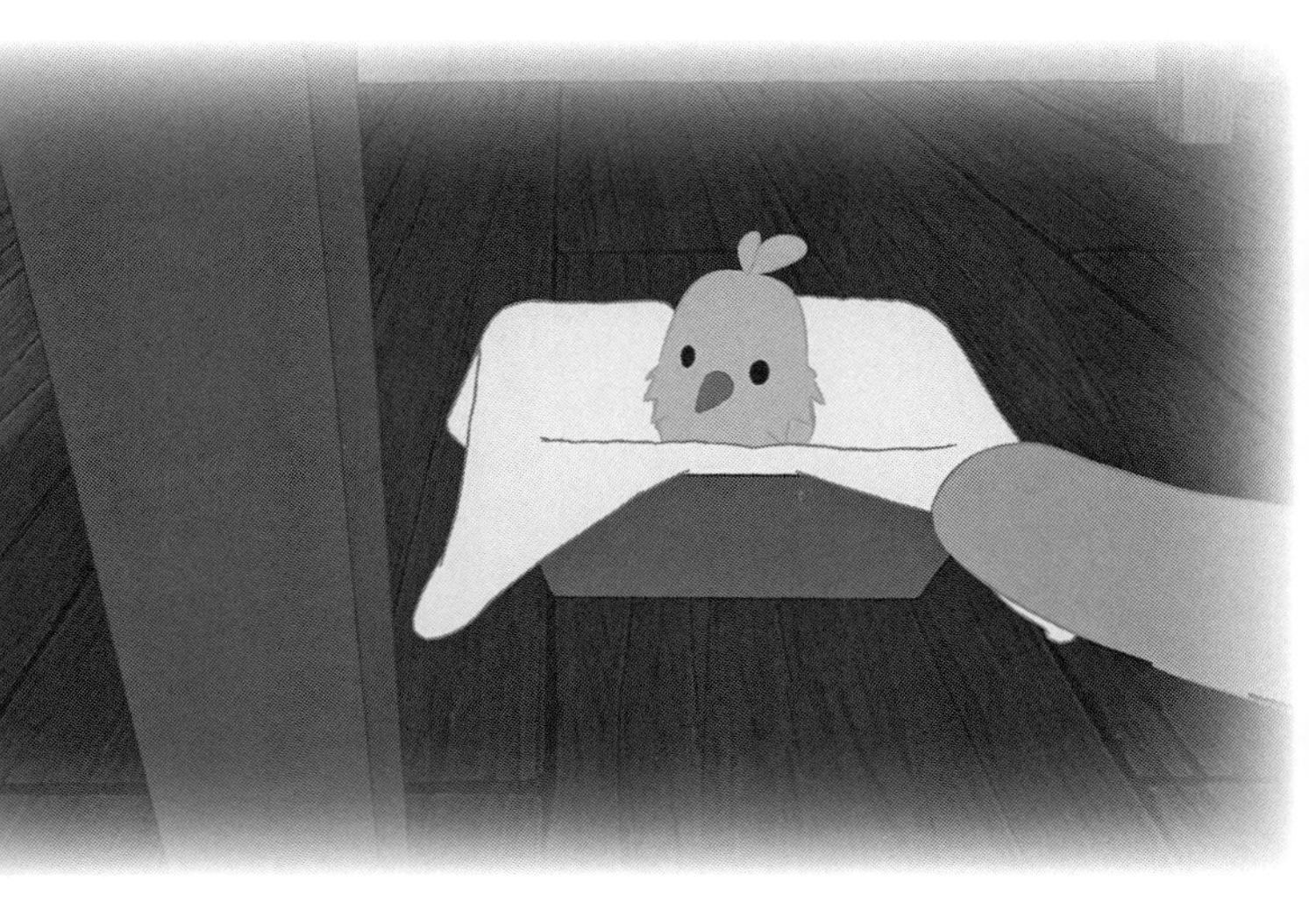

ぴーちゃんをつれていかれずにすんで、ほっとしていたふたりに、おばあちゃんはいいました。

「ぴーちゃんをかくしたりして、ほんとにいいのかねえ？」

「いいの！」

ルルロロちゃんはおおきなこえをだしました。

「ぴーちゃんのママ、しんぱいしてるんじゃないかねえ？」

「いいのー！」

ルルロロちゃんは、またおおきなこえをだしました。

「ピーちゃんだって、さびしいんじゃないかねえ？」

「わたしたちがいるから、さびしくなんかないの――！」

ルルロロちゃん、いっしょうけんめいつよがりましたが、だんだんぴーちゃんのことがしんぱいになってきました。

「ぴーちゃん、さびしいのかなあ？」

「さびしいのかなあ？」

ふたりは、ぴーちゃんをみてみました。

やっぱり、なんだかさびしそうです。
「ぴーちゃん、さびしそうだね」
「うん、さびしそうだね」
ふたりは、かおをみあわせてうなずきました。

それからルルロロちゃん、ぴーちゃんをかかえると、おにわにでました。

そして、ぴーちゃんがおちていたばしょに、ぴーちゃんをやさしくもどしました。

「ぴーちゃん、げんきでね」

「ママとなかよくね」

ふたりは、そっとかけだしました。

そして、まどからじっと、ぴーちゃんのようすをみつめました。

すこしすると、さっき、まどをつついていたとりがやってきました。

とりは、ぴーちゃんのうえをなんどもとびながら、

「ぴー、ぴー」

となきました。

ぴーちゃんは、うれしそうにはねをばたばたさせて、やっぱり

「ぴー、ぴー」
となきました。
そしてすぐに、ぴーちゃんはママといっしょにとんでいきました。
ルルロロちゃんは、そのようすをみて、なんだかとってもさびしくなりました。
だいすきなぴーちゃんがいなくなってしまったのです。
さびしくないわけがありません。
ルルロロちゃんは、おばあちゃんの

ところにいって、

「ぴーちゃん、かえしてあげたよ」

「ほんとのママのところに、かえしてあげたよ」

と、しらせました。

そのとたん、がまんしていたなみだがあふれてしまいました。

「あ〰〰〰ん」

ふたりは、おおごえでなきだしました。

「ふたりとも、とってもえらかったね」

おばあちゃんは、ルルロロちゃんをやさしくだきしめてあげたのでした。

つぎのひは、きれいなあおぞらがひろがりました。

げんきになったルルロロちゃん、きったりんごをおにわのはこのうえにおいて、かげからじっとのぞいていました。

「くるかな？」

「くるかな？」

すこしすると、ぴーちゃんとぴーちゃんのママがやってきました。

「きた！」

「ぴーちゃん、きた」

それから、ぴーちゃんとぴーちゃんのママは、はこのうえにとまると、おいしそうにりんごをたべました。

「たべた！」

「ぴーちゃんとぴーちゃんのママ、りんごたべた！」

「やったやったー！」

ルルロロちゃん、うれしくてうれしくて、あたりをとびまわりました。

「おばあちゃん、ぴーちゃんがかえってきたよ」

「ぴーちゃんのママといっしょにかえってきたよ」

ルルロロちゃんがおばあちゃんにしらせると、

「そうかいそうかい、そりゃよかったねえ」

おばあちゃんもうれしそうです。

「もう1かい、ぴーちゃんみてくるね」

「わたしもみてくるね」

うれしくてたまらないルルロロちゃん、

またまたおにわにかけだしていったのでした。
ぴーちゃんにまたあえてよかったね、ルルロロちゃん。

ねむくない、ねむくない

かわいいふたごのおんなのこ、ルルとロロは、げんきながんばりやさん。
あめがふっても、あらしがふいても、そんなことはへーっちゃら。
きょうもおしごと、がんばります。

ルルロロちゃんは、いつもいつも、パパやママに、

「はやくねなさい」

っていわれます。

でも、

「あたしたちだって、ほんとうはパパ

やママみたいに、ずーっとよるおそくまでおきていられるのよー」
と、おもっていました。
そこで、ふたりは、だいぼうけんにちょうせんすることにしたのです。
そのだいぼうけんとは……

「ぴっ、けーれー！
きょうのおしごとは、
あさまで、ねないでずーっとおきてることー。
えいえいおー！」

「だって、あたしたち、もうすーっかりおねえさんなんだもーん、それくらいへーっちゃら！」

「ねー！」

さっそくルルロロちゃん、パジャマにきがえると、げんきにじゅんびたいそうをはじめました。

ママがしんぱいして、かおをだしました。

「ルルロロちゃん、ほんとにだいじょうぶ？」

「だいじょうぶなの！」

「ねむくなったら、ちゃんとねるのよ」

「ねむくなんかならないの！」

じしんたっぷりのルルロロちゃんです。


「あさまでずーっとおきてるんだから、いーっぱいいーっぱい、あそべるねー」

「まず、さいしょはなにをやろうかしら？」

「なにをやろうかしら？」

ふたりは、あそびのそうだんをはじめました。

「えーと、えほんなんてどーお？」

ルルがいいます。

「うんうん、いいわね」

ロロがこたえます。

「よし、きまり！」

「じゃあ、まずはえほんをよみましょう」

ルルロロちゃん、ほんだなからえほんをいーっぱいもってきて、どかーんとゆかにおきました。

それから、おきにいりの1さつをとりだしてよみはじめます。

「むかしむかしあるところに……ふん

ふん、むにゃむにゃ」

「たのしいねえ」

「たのしいねえ」

でもすぐに、ロロがすーすーいねむりを
はじめたではありませんか。

それにきづいたルルが、

「ちょっと、ロロったらねないでよー」

とちゅういしました。

「あら、あたし、ねてた？」

「うん、ねてた」

「ごめーん」

ロロは、めをこすりながらあやまりまし

た。

「いいのよー」

「ねー」

ふたりはなかよしさんです。


ルルロロちゃん、うでぐみしながら、つぎのあそびをかんがえます。

「こんどはなにをやろうかしら?」

「なにをやろうかしら?」

「つみきなんてどーお?」

ロロがいいます。

「うんうん、いいわね」

ルルがこたえます。

「よし、きまり！」

「じゃあ、こんどはつみきをやりましょう」

ルルロロちゃん、おもちゃばこからつみきをいーっぱいだして、さっそくあそびはじめました。

「おおきなおしろをつくりまして〜」

「あたしはきれいなこうえんをつくりましょっと」

「たのしいねえ」

「たのしいねえ」

でも、ルルロロちゃん、あんまりたのし
そうじゃありません。

だんだんねむくなってきたのです。

そしてこんどは、ルルがすーすーいねむ
りをはじめてしまいました。

それにきづいたロロが、

「ちょっと、ルルったらねないでよー」

とちゅういしました。

「あら、あたしねてた？」

「うん、ねてた」

「ごめーん」

ルルは、おおきなあくびをしながらあや

まりました。
「いいのよー」
「ねー」
やっぱり、ふたりはなかよしさんです。

とけいはもう10じ。
とっくにおやすみのじかんはすぎています。
なんだかふたりともねむたそう。
ねむいならねればいいのに、いじっぱりのルルロロちゃん。

またまた、あそびのそうだんをはじめました。

「こんどはなにをやろうかしら？」

「なにをやろうかしら？」

「みんなやっちゃったから、やることなくなってきちゃった」

「なくなってきちゃった」

「じゃあ……おへやのなかあるこうか？」

ルルがいいます。

「……？」

ロロはなんのことかわかりません。

「おへやのなかあるこうか？」

ルルがもういちどいいました。

「おへやのなかをあるくのって、たのしいかなあ？」

「わかんないけど、ほかにやることなくなっちゃったんだもん」

ルルがこまったようにいいました。

「そうかあ。よし、あるこう」

ロロもこまったようにこたえました。

ふたりは、へやのなかをうろうろとあるきはじめました。

「た・の・し・い・ね・え……」

「た・の・し・い・ね・え……」

でも、たのしいはずありません。

すっかりねむたくなっているのです。

ルルがいねむり。

ロロもいねむり。

また、ルルがいねむり。

ロロもいねむり。


「ねえ、ほかのことしない？」

「うん、ほかのことしよう」

「なにしようか？」

「なにしようか？」

「みんなやっちゃったから、やること

なくなっちゃった」

「なくなっちゃった」

「じゃあ、ジャンプしようか？」

また、ルルがへんなことをいいだしました。

「……？」

「ジャンプしようか？」

ルルがもういちどいいました。

「ただジャンプしても、たのしくないんじゃない？」

「そうだけど、ほかにやることなくなっちゃったんだもん」

ルルがこまったようにいいました。

「そうかあ。よし、ジャンプしよう」

ロロもこまったようにこたえました。

ふたりは、ジャンプをはじめました。

「た・の・し・い・ね・え……」

「た・の・し・い・ね・え……」

ふたりはたのしいどころか、ほとんどジャンプもできていません。

ルルがいねむり。

ロロもいねむり。

また、ルルがいねむり。

ロロもいねむり。

「ねえ、ほかのことしない？」

「うん、ほかのことしよう」

「なにしようか？」

「なにしようか？」

ルルロロちゃん、そういったまま、とうとううごかなくなってしまいました。


とけいはもう11じをすぎています。

ふたりは、おたがいによりかかったままねむってしまっていました。

そこに、ママとパパがはいってきて、

ふたりをベッドにねかせました。

「おやすみ」

「おやすみ」

ママとパパは、ふたりのほっぺにやさしくキスをしました。


あさがきました。

いつもの、おいしいあさごはんがならんでいます。

でも、ルルロロちゃんはさっきからあくびばかりで、ちっともあさごはんをたべません。

「ほらほら、ねむくてあさごはんもたべられないじゃないか」

パパがいいました。

「あたしたち、ほんとうはあさまでおきていられたのよ」

「いられたのよ」

ルルロロちゃん、いっしょうけんめいつよがります。

「でも、ママたちがしんぱいするからねむってあげたの」

「あげたの」

でも、おおきなあくびがとまりませ

ん。

「おまえたち、ちゃんとまいにちはやくねないと、いつまでたってもおおきくなれないぞ」

あきれたパパがいいました。

ルルロロちゃんはびっくり。

「えー？　ほんと？」

「ああ、ほんとだとも。いつまでもちいさいままでいいのか？」

「どーしておしえてくれなかったのよ。じゃあ、あたし、きょうからはやくねるー！」

「あたしもはやくねるー！」

ルルロロちゃん、おおきなこえでいいました。

「だって、ほんとはとーってもねむかったんだもん！」

あらあら、ルルロロちゃんったら。

きょうは、ちゃんとはやくねましょうね、ルルロロちゃん。

パパなんて
だいっきらい！

かわいいふたごのおんなのこ、ルルとロロは、げんきながんばりやさん。
あめがふっても、あらしがふいても、
そんなことはへーっちゃら。
きょうもおしごと、がんばります。

「ぴっ、けーれー！
きょうのおしごとは、
おおきくてきれいなおしろをつくることー。
えいえいおー！」

ルルロロちゃん、さっそく、おしろづくりをはじめます。

おうちのリビングに、ダンボールをたくさんたくさんはこんでは、どんどんかさねたり、ちょきちょききったり、ぺたぺたっとはったり、それはもうおおいそがし。

とちゅうでおやつをたべたり、おひるごはんにしたり、おひるねまでしたりして、ゆうがたまでがんばりました。

そして、ようやく……

「できたー！」

とってもおおきくて、すっごくきれいな、ふたりだけのおしろができあがったのでした。

それはそれはおおよろこびのルルロロちゃん、すぐに、おおきなこえでママをよびます。

「ねえママ！　みてみて！　すっごいでしょ～！」

ママはリビングにかおをだして、びっくり。

「まあまあ、ルルロロちゃん、おおきなおしろねえ」

つづいてルルロロちゃん、おおきなこえでおばあちゃんもよびます。

「ねえおばあちゃん！　みてみて！　すっごいでしょ〜！」

おばあちゃんもリビングにかおをだして、またまたびっくり。

「あらあら、ルルロロちゃん、すてきなおしろだこと！」

それからルルロロちゃん、おおきなこえでパパもよびます。

「ねえパパ、みてみて！　すっごいでしょ〜！」

パパは、しんぶんをよみながらやってきて、

「うん？　どうした？」

と、おしろにきづかずにちかづいていきます。

「パパ、ほらみて！」

ルルロロちゃんがいいますが、パパはしんぶんからめをはなしません。

「いったいどうしたっていうんだあ？」

パパはどんどんどんどん、おしろにちかづいていきます。

「パパ！　だめ〜、おしろにぶつかっちゃ

う！」

ルルロロちゃん、おおごえをだしましたが、まにあいません。

パパは、そのままどしんと、おしろにぶつかってしまったのでした。

「きゃあ〜〜〜〜〜！」

たいへんなことになってしまいました。

ルルロロちゃんが、がんばってつくったおしろは、パパのせいですっかりぺっしゃんこ。

あとかたもなく、つぶれてしまったのでした。

「あたしたちがいっしょうけんめいつくったおしろなのに……」

「がんばってがんばって、う～～んとがんばってつくった、おおきくてすてきなおしろなのに……」

「パパのせいでこわれちゃったよ～～～～！」

「パパなんて、だいっきらい！」

ルルロロちゃん、とうとうおおきなこえでなきだしてしまったのでした。

ゆうごはんのとき、パパはとってもすまなそうに、ルルロロちゃんにあやまりました。

「ルル、ロロ。さっきはごめんな」

でも、ルルロロちゃんはまっかっかなかおをしたまま、くちをおもいっきりとんがらせていました。

「パパ、よくまえをみないであるいたもんだから、つい……ごめん」

パパは、もういちど、さっきよりもっとすまなそうにあやまりました。

でも、ルルロロちゃんのまっかなほ

っぺは、もっともっとまっかになり、ルルロロちゃんのとんがったくちは、もっともっととんがってしまいました。

「ルルロロ、パパ……」

パパがもういちどあやまろうとしたとき、ルルロロちゃんはテーブルからどしんとたちあがって、おおきなこえでいいました。

「パパなんてだいっきらい！」

「もう、ぜったいぜったい、ゆるしてあげないんだから！」

それから、これいじょうできないく

らいにどしんどしんとあしおとをたてながら、じぶんたちのへやにかえっていったのでした。

「あらあら、ルルロロちゃんったら……」

おばあちゃんがこまったようにいいました。

「ほんとに、ルルロロちゃんったら……」

ママも、やっぱりこまったようにいいました。

パパはおおきなためいきをひとつつくと、しょんぼりとうなだれたのでした。


よるになりました。

おふろからでたルルロロちゃん、ママにおやすみのキスをします。

そして、そのままおへやにもどっていこうとしました。

「パパにはしてくれないのかい？」

パパがいうと、ルルロロちゃん、これいじょうないくらいのこわ〜いかおでパパをぎーっとにらむと、

「パパなんてだいっきらい！」

と、おおきなこえでさけんで、はしっていってしまったのでした。

「あらあら、ルルロロちゃんったら、まだあんなにおこってるのねえ」

おばあちゃんがこまったようにいいました。

「ほんとに、まだまだおこってますねえ」

ママもやっぱりこまったようにいいました。
パパは、またまたおおきなためいきをつくと、きえてなくなるくらいにちいさくちいさくなってしまったのでした。

ルルロロちゃんがパジャマにきがえて、ねるじゅんびをしているところに、ママがやってきました。
「ルルロロちゃん、ちょっとおはなししていいかしら？」

ママはルルロロちゃんのそばにくると、いいました。

「いいわよ、ママ」

ルルロロちゃんはえほんをよむのをやめました。

それから、ママがやさしくはなしだしました。

「ルルロロちゃん、きょうはいっしょうけんめいつくったおしろがこわれてしまって、とってもかなしかったわね」

「うん」

「ルルロロちゃんがパパのことおこるきもち、よくわかるわ」

「うん」

「でもね、ちょっとおもいだしてみてくれる？」

「え？」

ママはルルロロちゃんのあたまにてをおきながら、やさしくはなしつづ

けます。

「ちょっとまえに、パパがたいせつにしていたおふねのもけいを、ルルロロちゃんがこわしてしまったこと、あったわよね？」

ルルロロちゃんは、そのときのことをおもいだしました。

「そのとき、ルルロロちゃん、どんなきもちだった？」

「パパに、ごめんなさいってあやまりたいきもち」

ルルロロちゃんはこたえました。

「そうよね。それから？」

　ママにいわれて、ルルロロちゃんはかんがえました。

「とってもかなしくて……とってもなきたいきもち」

　ルルロロちゃんはこたえました。

「そうよね。とってもつらいきもちだったわよね」

「うん」

　ルルロロちゃんは、そのときのむねがぎゅーっとくるしくなったきもちをおもいだしました。

「いま、パパもあのときのルルロロちゃんとおなじきもちなんじゃないかな？」

「え？」

「パパも、とってもかなしくて、とってもつらいきもちなんだとおもうよ」

「うん」

「だから、パパのこと、もうゆるしてあげたらどうかな？」

ママが、やさしくいいました。

ルルロロちゃんは、パパのことをかんがえてみました。

「パパ、かなしくて、つらいきもちなんだ

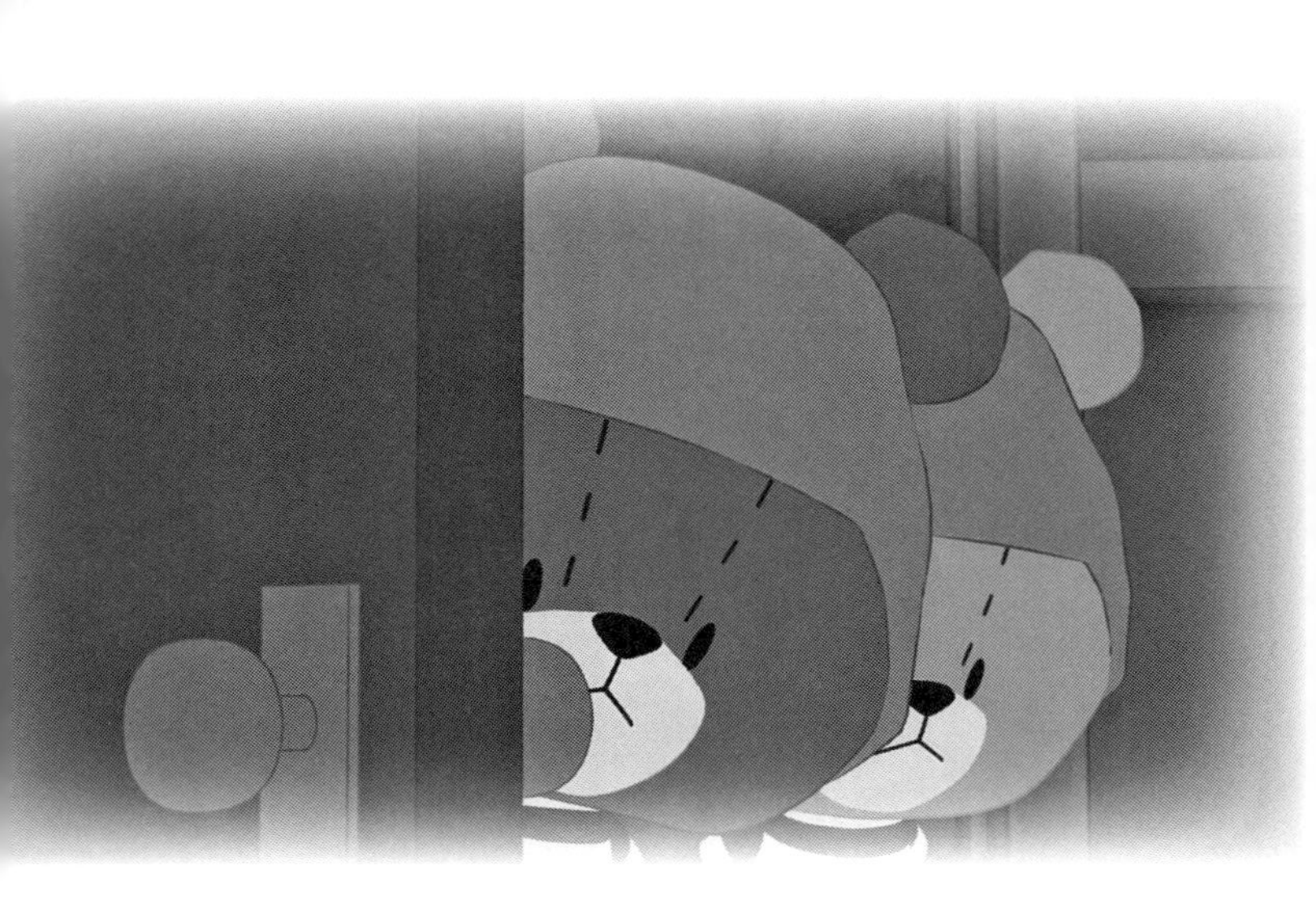

「……どうしよう……」

ふたりはかおをみあわせました。

「ゆっくり、かんがえてみてね」

ママは、ふたりのあたまをなでると、
へやをでていきました。


「どうする？」

ルルがいいました。

「どうしよ？」

ロロもいいました。

ルルロロちゃん、なんだかパパのか
おがみたくなって、キッチンにいって

みました。

するとﾞ、リビングのほうからあかりがみえました。

「なんだろ?」

「なんだろ?」

ふたりは、そっとリビングをのぞいてみました。

すると、こわれたはずのおしろがなおって、そこにたっているではありませんか。

なおっているだけではありません。

おしろは、まえよりももっとおおきくて、もっとすてきになっていました。

「おしろがなおってる」

「もっとすてきになってる」

ふたりはおしろにちかづいてみました。

おしろのしたのところにスイッチのようなものがありました。

ルルロロちゃんがそのスイッチをおしてみると、どうでしょう？

おしろのまわりにかざられた、あかやきいろのあかりがきらきらとひかりだしたではありませんか。

「うわあ、うわあああ……」

「すごーい、すごーい！」

ルルロロちゃんは、それはもうおおよろこびなのでした。

おしろのうしろにあるソファーでは、パパがつかれてねむっていました。

パパのてにはまだダンボールがにぎられていました。

「この、きらきらの、おおきくて、すてきなおしろ、パパがつくってくれたんだ」

「うん、パパがつくってくれたんだ」

ルルロロちゃん、ふたりでかおをみあわせてうなずくと、パパにおもいっきりとびつきました。

それからルルロロちゃん、パパのほっぺにキスをしました。

パパが、びっくりしてめをさましました。

「パパ、ずーっとおこっててごめんね」

「パパのほうこそ、ほんとにごめんな」

ルルロロちゃんはおおきなこえでさけびました。

「パパ、だーいすき！」

パパは、それはそれはうれしそうに、ふたりをだきしめたのでした。

パパとなかなおりできてよかったね、ルルロロちゃん。

けいとやさんまで おつかいに

かわいいふたごのおんなのこ、ルルとロロは、げんきながんばりやさん。
あめがふっても、あらしがふいても、そんなことはへーっちゃら。
きょうもおしごと、がんばります。

さてさて、ルルロロちゃん、きょうはとってもたのしそうに、おててつないでおでかけです。

「ぴっ、けーれー！
きょうのおしごとは、
おばあちゃんにたのまれたけいとだまをかいに、
けいとやさんまでおつかいにいくことー。
えいえいおー！」

ルルロロちゃんは、おつかいがだいすき。

げんきに、おうたをうたいます。

「あたしたちはルルとロロ♪

いつもげんきなおんなのこ♪」

「あ――――！」

とつぜん、ルルがおおきなこえをだしました。

「うん？　どうしたの？」

びっくりしたロロがきくと、

「バッグわすれたー！」

「え〜〜〜〜〜〜？」

「わたしとしたことが、しっぱいしっぱい。でも、だいじょうぶ」

「ねー」

「ねー」

ふたりはとってもなかよし。

わらいながら、もときたみちをもどります。


ルルロロちゃん、またまたたのしそうに、おててつないでやってきました。

やっぱりげんきに、おうたをうたいます。

「あたしたちはルルとロロ♪

いつもげんきなおんなのこ♪」

「あ――――！」

とつぜん、こんどはロロがおおきなこえをだしました。

「うん？　どうしたの？」

びっくりしたルルがきくと、

「ぼうしわすれたー！」

「え〰〰〰〰？」

「わたしとしたことが、しっぱいしっぱい。でも、だいじょうぶ」

「ねー」

「ねー」

ふたりはやっぱりとってもなかよし。

わらいながら、もときたみちをもどります。

ルルロロちゃん、こんどもたのしそうに、おててつないでやってきます。

かわいいおうたもきこえます。

「あたしたちはルルとロロ♪
いつもげんきなおんなのこ♪」

「あ――――！」

とつぜん、ルルがおおきなこえをだしました。

「うん？　どうしたの？」

びっくりしたロロがきくと、

「なんでもなーい！」

「え～～～～～？」

ふたりはおおわらい。

「いこ！」

「うん、いこ！」

げんきに、けいとやさんにむかったのでした。

けいとやさんにつきました。
ルルロロちゃんがおみせのなかには
いると、いろとりどりのきれいなけい

とだまがいっぱいならんでいます。

ルルロロちゃんはけいとやさんがだいすきです。

「あらよくきたね、ルルロロちゃん」

おみせばんをしていたけいとやのおばさんが、ルルロロちゃんにこえをかけました。

「おばさん、あたしたち、けいとだまをかいにきたのよ」

「きたのよ」

ルルロロちゃん、げんきにおへんじです。

「ああ、そうだろうとも」

おばさんはニコニコ。

「ちょうど、おいしいおやつをたべようとおもってたところだよ。いっしょにどうだい？」

「わーい」

ルルロロちゃんはおおよろこび。


おぎょうぎよくソファーにすわっているルルロロちゃんのまえに、おおきないちごののったショートケーキがはこばれてきました。

「いただきまーす！」

ルルロロちゃん、すぐにケーキをたべはじめました。

「ねえねえ、おばさん、きのうはさかなつりにいったわ」

ルルロロちゃん、もぐもぐしながらおはなしをはじめました。

「こーんな、おっきいのがつれたのよ」

「つれたのよ」

「ほうほう、そうかいそうかい」

おばさんは、またまたニコニコ。

ルルロロちゃんのことがだいすきなんですね。


あっというまに、ショートケーキをたべてしまったルルロロちゃんのまえに、こんどはチョコレートケーキがおかれました。

「いただきまーす」

ルルロロちゃん、チョコレートケーキをたべながら、おはなしをつづけます。

「そしたらね」

「そのおさかなのこどもたちがやってきて」

「あたしたちのママをつれてかないでーって」

「ぴょんぴょんとはねたのよー」

「はねたのよー」

ルルがおはなしするときはロロがケ

ーキをたべて、ロロがおはなしするときはルルがケーキをたべました。

だから、はなしがとまることはありません。

「あたしたち」

「つったおさかなを」

「こどもたちのところに」

「かえしてあげたんだー」

「えらいでしょー」

「えらいでしょー」

「ほうほう、そうかいそうかい」

おばさんはやっぱりニコニコです。

あっというまに、チョコレートケーキもたべてしまったルルロロちゃんのまえに、こんどはマロンケーキがおかれました。

それにしても、おばさんのところにはケーキがたーくさんありますねえ。

「いただきまーす」

ルルロロちゃん、こんどはマロンケーキをたべながら、おはなしをつづけます。

「きのう、おそらにね」

「まんまるのおつきさまがでててね」

こんどは、きのうみたおつきさまのはなしです。

「とーってもきれいだったの」

「きれいだったの」

「だからあたしたち」

「おつきさまをじーっとみながらあるいてたら」

「おおきなきにぶつかっちゃって」

「こーんなコブができちゃったの」

「できちゃったの」

「ほうほう、そうかいそうかい」

おばさんは、いつもニコニコです。

もう、そとはすっかりくらくなってきました。

ケーキを3つもたべてしまったルルロロちゃん、だいぶおなかがいっぱいみたいです。

「おばさん、このケーキとってもおいしいわね」

「あたしたち、いったいいくつたべたかしら？」

「さあてねえ……」

そのとき、はしらのとけいがなりました。

５じです。

ルルロロちゃん、びっくり。

「いけない、おばさん。もうこんなじかん」

「あたしたち、かえらなくっちゃ」

「あらあら、もっとゆっくりしていっていいのよ。まだまだケーキはあるんだから」

きっと、おばさんはルルロロちゃんのために、たくさんケーキをかっていてくれたのですね。

「ありがとう、おばさん。でも、もうかえるわね」

ルルロロちゃん、あわてておそとにとびだしました。

「ほうほう、そうかい。じゃあ、またたべにおいで」

おばさんは、さいごまでニコニコでした。


「ただいまー！」

ルルロロちゃん、おおあわてでおうちにかえってきました。

おばあちゃんが、しんぱいしてまっていました。

「ルルロロちゃん、ずいぶんおそかったねえ？」

「うん、すっかりけいとやのおばさんとおしゃべりしちゃったの。とってもたのしかったわ」

ルルロロちゃん、さかなつりやおつきさまのおはなしをしたこと、ケーキをたくさんごちそうになったことを、おばあちゃんにはなしてきかせました。

「それはよかったねえ。ところでルルロロちゃん……」

　おばあちゃんがききました。

「おばあちゃんがおねがいしたけいとだまは、かってきてくれたのかい？」

「あ〰〰〰〰〰〰〰〰、わすれちゃったあ」

　ルルロロちゃん、おはなしとケーキにむちゅうになって、いちばんだいじなことをわすれてしまったみたいです。

「わたしとしたことが、しっぱいしっぱい。でも、だいじょうぶ」

なんだか、じしんたっぷりのルルロロちゃん。

「あしたまた、けいとやさんにいってくるわね。だって、おにわにうえるチューリップのおはなし、するのわすれちゃったんだもん」

ルルロロちゃん、けいとやのおばさんにおはなしすること、まだまだいっぱいあるんだね。

はじめての
てがみ

かわいいふたごのおんなのこ、ルルとロロは、げんきながんばりやさん。

あめがふっても、あらしがふいても、そんなことはへーっちゃら。

きょうもおしごと、がんばります。


さてさて、あるひのこと、ルルロロちゃんがリビングであそんでいると、
ママが、ポストからおてがみをとって、もってきました。

「はい、これはパパにきたおてがみ」

ママは、パパにおてがみをわたしました。

「はい、これはおばあちゃんにきたおてがみ」

ママは、おばあちゃんにもおてがみをわたしました。

「これは、わたしのぶん」

ママは、じぶんにきたおてがみをテーブルにおきました。

ルルロロちゃんはそれをみていて、なんだかとってもうらやましくなりました。

「ねえ、ママ。あたしたちにはおてがみ、きてなーい？」

「きてなーい？」

ルルロロちゃんがきくと、ママはくびをふってこたえました。

「きてないわ」

「あ、そう」

ルルロロちゃんは、しょんぼりです。

つぎのひ、またママが、おてがみをもっ

てきました。

「はい、これはパパにきたおてがみ」

ママは、パパにおてがみをわたしました。

「はい、これはおばあちゃんにきたおてがみ」

ママは、おばあちゃんにもおてがみをわたしました。

「これは、わたしのぶん」

ママは、じぶんにきたおてがみをテーブルにおきました。

ルルロロちゃんはそれをみていて、ますますうらやましくなりました。

「ねえ、ママ。きょうはあたしたちにもおてがみきたでしょ？」

「きたでしょ？」

ルルロロちゃんがききましたが、ママはやっぱりくびをふってこたえました。

「ルルロロちゃんにはきてないわねえ」

「あ、そう」

ルルロロちゃんは、ますますしょんぼりなのでした。


ルルロロちゃん、じぶんたちにはどうしておてがみがこないのか、ふしぎでしかたがありませんでした。


それで、つぎのひのおやつのときに、おばあちゃんにきいてみました。

「ねえ、おばあちゃん。どうしてあたしたちにはおてがみこないの？」

「こないの？」

「そうだねえ、ルルロロちゃんはまだちっちゃいからねえ」

おばあちゃんはこたえました。

「ちっちゃいとおてがみこないの？」

「こないの？」

「う～ん、そういうわけでもないけどねえ」

おばあちゃん、ちょっとこまったかおです。

「ねえ、おばあちゃん、どうしたら、わたしたちにもおてがみくるようになるの？」

ルルロロちゃんは、おばあちゃんにききました。

「じゃあ、ルルロロちゃんのほうから、おてがみかいてみるっていうのはどうだい？」

「おてがみかいたら、おてがみくる？」

ルルロロちゃん、めをかがやかせてききました。

「そうだねえ、きっとくるとおもうよ」

おばあちゃんはにっこり。

「おてがみってね、いっしょうけんめ

いこころをこめてかいたら、ちゃーんとつたわるもんなんだよ」

「うん」

「そしたら、きっとおへんじがくるとおもうな」

ルルロロちゃん、すっかりうれしくなって、

「じゃあ、あたし、いっしょうけんめい、おてがみかく！」

「あたしもかく！」

というと、おばあちゃんのおひざからぽーんととびおりました。

「ぴっ、けーれー！
きょうのおしごとは、
いっしょうけんめい、おてがみかいて、
すてきなおへんじをもらうことー。

えいえいおー！」

それからルルロロちゃん、いそいでじぶんたちのおへやにもどると、おてがみをかきはじめました。

「ねえ、おてがみだれにかこうかあ」

「だれにかこうかあ」

「う〜ん、パパ」

ルルがいうと、

「パパはおうちにいるから、おてがみいらないんじゃない？」

と、ロロがこたえます。

「そうかあ」

「じゃあ、しんじゃったおじいちゃん」

こんどは、ロロがいいました。

「しんじゃったおじいちゃん、しんじゃったのにおてがみかけるかなあ」

と、ルルがこたえます。

「う〜ん」

ふたりは、こまってしまいました。

そのとき、ルルがおおきなこえでいいました。

「じゃあ……おうさま！」

「おうさま？」

ロロはびっくり。

「うん、おうさまってえらいから、きっとおへんじくれるんじゃない？」

ルルにいわれて、ロロはうなずきました。

「うん！　そうだね」

「よし、きまり！」

ふたりは、おうさまにおてがみをかくことにしたのでした。


「おばあちゃん、おてがみかいたよ！」

ルルロロちゃん、いまかいたばかりのお

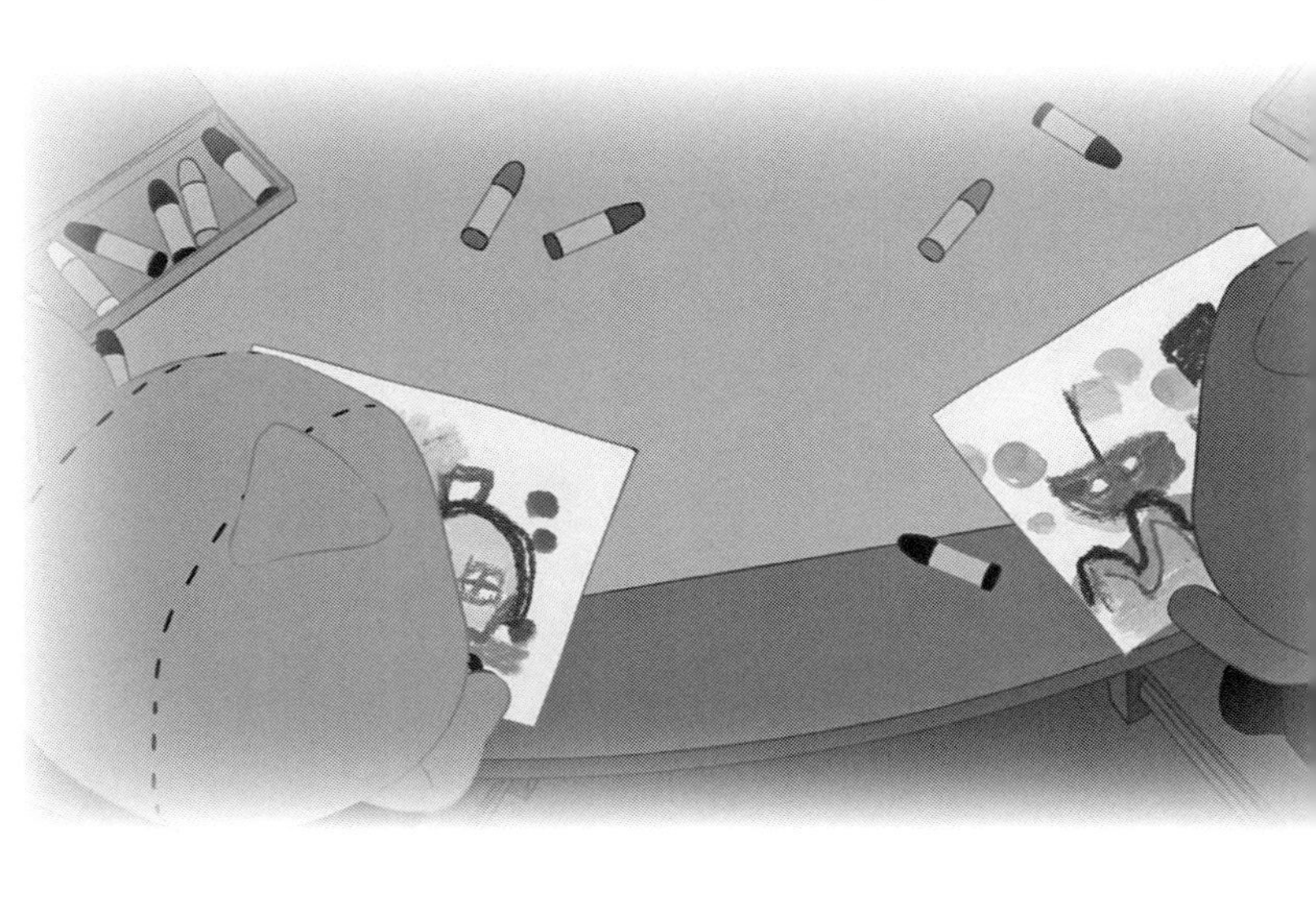

てがみをもって、リビングのおばあちゃんのところにはしってきました。

「おばあちゃんのいったとおり、いっしょうけんめい、こころをこめてかいたんだ」

ルルロロちゃん、おてがみをおばあちゃんにわたしました。

「そりゃ、えらいねえ」

おばあちゃんは、ふたりのあたまをなでてくれました。

「ところで、だれにおてがみかいたんだい？」

おばあちゃんがきくと、ルルロロちゃん

はげんきよくこたえました。

「おうさま！」

「おうさま？」

おばあちゃんはびっくり。

でも、ルルロロちゃんはニコニコ。

「おうさまなら、えらいひとだからおへんじくれるでしょ？」

「そ、そうだねえ」

おばあちゃんはちょっとこまったかおです。

「おうさまに、おうちにあそびにきてくださいってかいたんだ！　おばあちやん、このおてがみ、ポストにいれといてね」

ルルロロちゃん、それからげんきに、おにわにかけだしていきました。

「あー、はやくおへんじこないかなあ……」


それからなんにちかした、あるひのこと。

また、ママがおてがみをみんなにくばっています。

ルルロロちゃんは、もうむねがどきどきで、じっとしていられません。

「ねえ、ママ。あたしたちにもおてがみきてるでしょー?」

ママにききました。

ママはにっこりしてこたえました。

「ええ、きてるわよ!　はい、どうぞ」

ママは、ルルロロちゃんにきた、はじめてのおてがみをわたしてくれま

した。

「やったー！」

ふたりは、おてがみをうけとると、それはもうおおよろこび。

おばあちゃんのところにもっていってよんでもらいました。

「ルルロロちゃんへ、こんどのにちようびに、おてがみありがとう。こんどのにちようびに、おうちにあそびにいくことにするよ。おうさまより」

それは、おもったとおり、おうさまからのおてがみでした。

「すごーい、おうさまからおてがみがきたー、すごいすごーい！」

ルルロロちゃん、うれしくてうれしくて、へやじゅうをとびまわったのでした。

さて、おうさまがあそびにくるひがやってきました。

「まだかなあ？」

「まだかなあ？」

ルルロロちゃん、まどからそとをながめては、そわそわ。

と、おにわにおおさまのすがたが。

「あ、きた―――」

ルルロロちゃん、いきおいよくとびだしていきました。


ルルロロちゃんがおにわにいくと、そこにはおうさまがたっていました。

おうさまは、おうかんをかぶって、マントのようなものをきていました。

そして、なぜか、マントでかおをかくしていました。

「おっほん、わしがおうさまじゃ」

と、おうさまがいいました。

どこかできいたことがあるこえでした。

「おうさまさん、きてくれてありがとう」

「おっほん、おうちにしょうたいしてくれてありがとう。おれいに、このおうかんをあげよう」

おうさまは、ふたりのあたまにおうかんをのせました。

「いつまでもきょうだいなかよくするんじゃぞ。では、さらばじゃ」

おうさまは、そういうと、くるっとせなかをむけました。

「え？　もうかえっちゃうの？」

「おっほん、おうさまはいそがしいでな」

おうさまは、いそぎあしであるきはじめました。

おうさまをみおくると、ルルロロちゃんはおおよろこび。

「やった、やった、やったー」

と、おうちのなかにかけこんでいきました。

「おうさまにあったよー、おうさまにあったよー！」

ルルロロちゃん、おおきなこえでさけびました。

「よかったねえ」

ママもおばあちゃんも、うれしそうです。

そこに、パパがあわててはしりこんできました。

パパは、マントのようなものをもっていて、あわててかくしました。

「ねえ、パパ！　おうさまにあったよ」

ルルロロちゃん、パパにもいいました。

「あ、そうか……」

「おてがみってすごいんだねえ」

うれしくてたまらないルルロロちゃん、

「よーし、こんどはだれにおてがみかこうかなあ？」

もうつぎのおてがみのあいてをかんがえはじめます。

「え？　またかくのか？」

パパは、なぜだかこまったかお。

「え〜と、こんどはねえ……そうだ！　おつきさまにかこうっと！」

「おつきさま？」

「うん、だって、おつきさまって、いつもひとりぼっちでさびしそうでしょう？　だから、おつきさまもおうちにごしょうたいしてあげるんだ！」

ルルロロちゃん、とってもたのしそ

うです。

パパは、あわてていいました。

「おつきさまはいそがしいから、おうちにはこれないんじゃないかあ……」

でも、ルルロロちゃんはじしんたっぷり。

「ねえパパ、おてがみってね、いっしょうけんめいこころをこめてかいたら、ちゃーんとつたわるものなのよ」

おばあちゃんにおそわったことを、パパにおしえてあげました。

それからルルロロちゃん、たのしそ

うにスキップしながら、じぶんたちのおへやにもどっていったのでした。

「おてがみおてがみ、たのしいな♪」

ルルロロちゃんのげんきなうたごえがきこえてきました。

おうさまからおてがみがきてよかったね、ルルロロちゃん。

オ・モ・イ・デ

かわいいふたごのおんなのこ、ルルとロロは、げんきながんばりやさん。
あめがふっても、あらしがふいても、そんなことはへーっちゃら。
きょうもおしごと、がんばります。

「ぴっ、けーれー！
きょうのおしごとは、
がらくたべやのたんけんをすることー。
えいえいおー！」

さっそくルルロロちゃん、つかわなくな

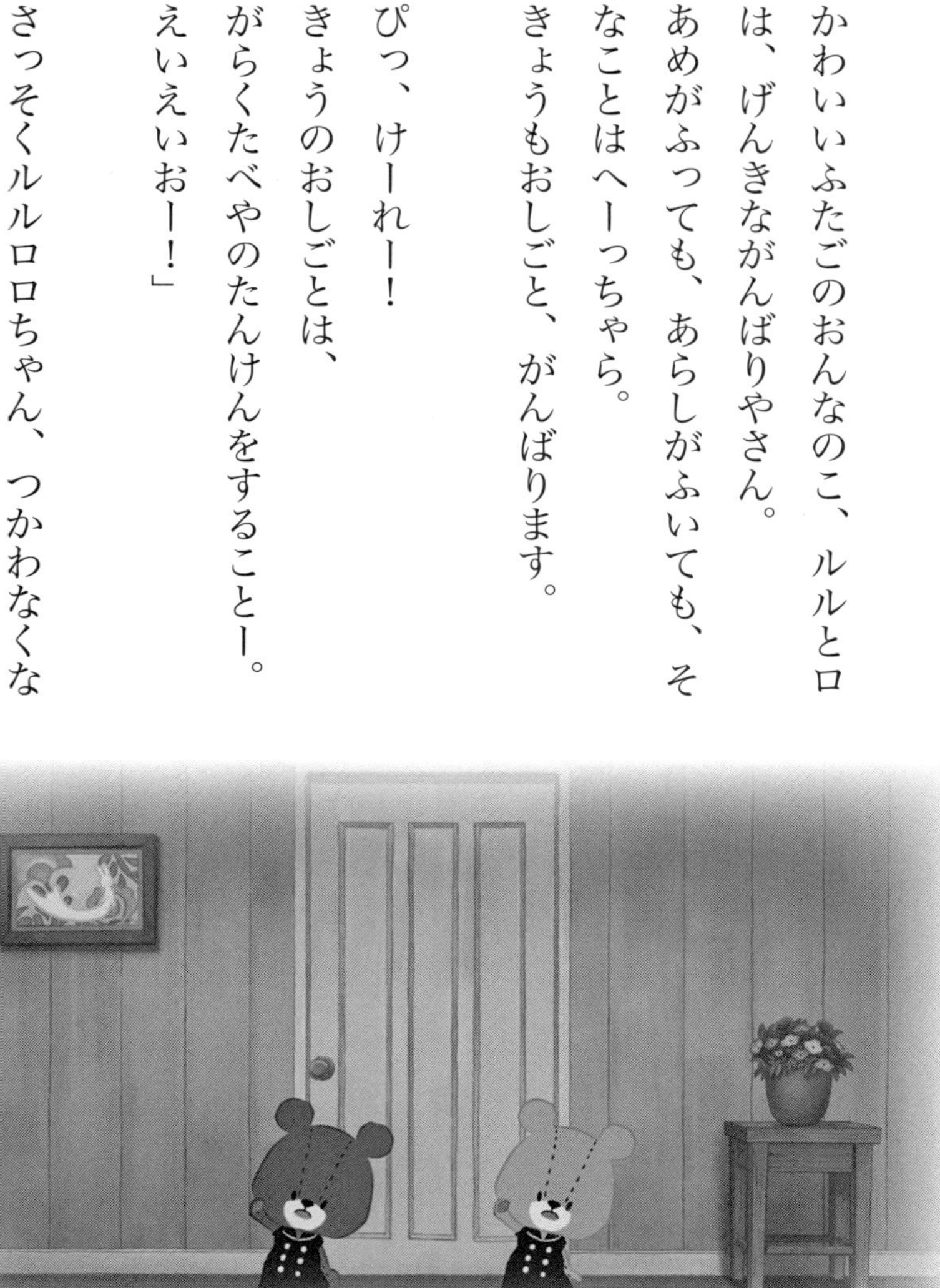

つたにもつがたくさんおいてある、２かいのがらくたべやのドアをあけました。

ぎぎぎぎぎー。

なんだか、おばけやしきみたいです。

おそるおそるへやにはいっていくと、ルルロロちゃん、あしもとにおちていたおにんぎょうをてにとりました。

おにんぎょうは、うでがぶらんととれそうになっていました。

おようふくもやぶれています。

「うわー、おんぼろ！」

ルルがさけびました。

「おんぼろのがらくたー」

ロロもさけびました。

そして、ふたりはおかしそうにわらいました。

そこに、ママがかおをだしました。

ママは、なつかしそうに、おにんぎょうをてにとると、

「おんぼろなんかじゃないのよ」

といいました。

「じゃあ、なあに？」

「おもいで」

ママがこたえました。

「ふ〜ん」

ルルロロちゃん、なんのことかわからず、ポカンとしていましたが、すぐに、おもしろそうなものをみつけて、はしりだします。

「これ、あかちゃんのっけるやつ」

ルルロロちゃん、うれしそうにさけびました。

「ああ、ベビーカーね」

「ねえ、ママ。これにおにんぎょうさんのせて、あそんでもいい？」

「いいけど、らんぼうにしちゃだめよ」

「やったー」

ルルロロちゃん、ベビーカーにおきにいりのおにんぎょうをのせると、たのしそうにおそとにでかけました。

ガタゴトとみちをはしらせてから、きんじょにあるおがわのところまでいきました。

そこで、きゅうにルルがさけびます。

「よーい、どん」

そして、ルルはベビーカーをいきおいよくおしました。

「あー、ずるーい、まってよー！」

ロロがあわてておいかけます。

でも、あんまりはやくはしらせたものですから、ベビーカーはいしにひっかかって、たおれてしまいました。

「うわあ～」

よくみると、ベビーカーのくるまがこわれてしまっています。

これでは、うまくはしれません。

「やっぱりおんぼろ」

ルルがいいました。

「おんぼろのがらくた」

ロロもいいました。
ふたりはベビーカーをほうりだして、おにんぎょうさんあそびをはじめてしまいました。

そのうちに、あめがぽつりぽつりとふりだしました。
そしてすぐに、ざーざーとつよいあめになりました。
ルルロロちゃん、おそらをみあげました。
くろいくもがひろがっています。

「どうしよう？　もうかえろっか？」

「うん、かえろ」

ふたりは、おさんぽをやめてかえることにしました。

おにんぎょうさんをかかえてあるきだしたとき、ルルがいいました。

「あ、ベビーカー」

ロロも、きがつきました。

「ほんとだ。ベビーカー」

ベビーカーは、さっきからかわのほとりにほうりだされたままで、あめにぬれていました。

「どうしよっか？」

「どうしよっか？」

ふたりは、すこしかんがえました。くるまがこわれているので、おしてかえるのはむずかしそうです。

あめも、だんだんつよくなってきました。

「がらくただから、おいてってもいいかな？」

「うん。おんぼろのがらくただから、おいてってもいいよ」

ふたりは、ベビーカーをおいたまま、いえにかえりました。

いえにかえって、おきがえをすませたあと、ルルロロちゃんはベビーカーのことをおもいだしました。

「あめ、ふってるね」

「うん」

「ベビーカー、きっとぬれてるね」

「うん、ぬれてる」

「ちょっと、かわいそうだったかなあ」

「う～ん」

ふたりは、まどからあめをみつめま

した。

ゆうがた、ルルロロちゃんは、ママとちいさいころのしゃしんをみていました。

まだあかちゃんのころのルルロロちゃんが、たのしそうにわらっています。

ページをめくっていくと、さっきのベビーカーがうつっているしゃしんがありました。

「あ、ベビーカー」

ルルロロちゃん、おもわずいいます。

「あかちゃんがふたりのってる」

「これ、あなたたちよ」

ママは、なつかしそうにいいました。

「わたしたち？」

「そうよ、あかちゃんのころのあなたたちよ」

「あ、ロロわらってる」

ルルがいいました。

「ルルもわらってる」

ロロもいいました。

「ほんとね」

ママはうれしそうです。

「ところで、ルルロロちゃん。あのベビーカーはどうしたの？」

ママにきかれて、ルルロロちゃんはちょっとこまりました。

「くるまがこわれちゃって……」

「あめもふってきて……」

「だから、かわのところにおいてきちゃったんだけど……」

ルルロロちゃん、そこまでいうと、ふたりでかおをみあわせました。

「やっぱり、とってくる！」

ルルロロちゃん、おおきなこえでさけぶ

と、いきおいよくあめのなかにとびだしていったのでした。

ルルロロちゃんが、かわのところまでやってくると、ベビーカーはあめにぬれてたおれたままでした。

ふたりは、ベビーカーをおしてみました。

「う〰〰ん、う〰〰ん」

でも、くるまがこわれていて、なかなかうまくうごきません。

そこに、ママがやってきました。

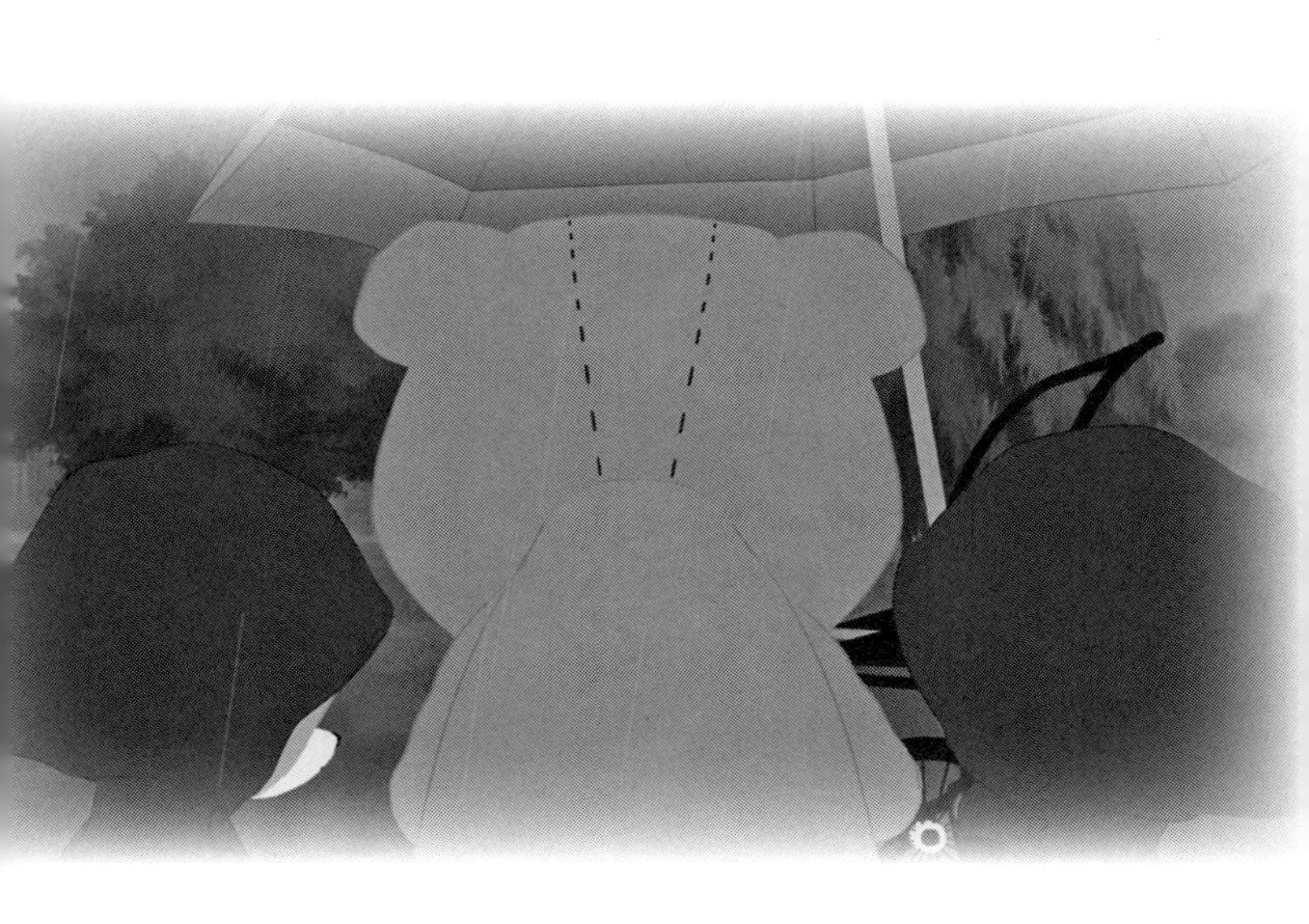

「かぜひくわよ」

ママは、ふたりにかさをさしだしました。

「ベビーカーもってかえろうとおもったんだけど、うごかなくて」

ルルロロちゃんがいうと、ママは、

「これ、よくこわれるのよね」

といいながら、じょうずにくるまをなおしてくれました。

「よし、できた」

ルルロロちゃん、ベビーカーをおしてみました。

もとどおり、うまくはしるようになって
いました。
「なおってる」
「うん、なおってる」

ママは、ベビーカーのよごれたところを
ふきながら、
「あなたたち、このベビーカーがだいすき
で、いつものってたのよ」
といいました。
「ほんと？」
「ええ、ほんとよ。なつかしいなあ」

「え～と、オ・モ・イ・デ？」

ルルロロちゃん、ママがいっていたことばをおもいだしました。

「うん、そうね。おもいで。ママのたいせつなおもいでなんだ」

ママはやさしくいいました。

「おんぼろなんかじゃないんだね」

ルルがいいました。

「うん、おんぼろのがらくたじゃないんだ」

ロロもいいました。

「もちろんよ。だから、たいせつにあそんでね」

「うん！」

「さあ、おうちにかえろうか」

ルルロロちゃんとママは、ベビーカーをおしながらあるきだしました。

「ルルロロちゃんは、これからどんなおもいでつくるのかなあ。たのしみね」
ママは、やさしくわらいました。

すてきなおもいでがたくさんできるといいね、ルルロロちゃん。

Shogakukan Junior Bunko 

★小学館ジュニア文庫★
がんばれ！ ルルロロ

2018年 4 月 2 日　初版第 1 刷発行

著者／あいはらひろゆき

発行人／立川義剛
編集人／吉田憲生
編集／油井 悠

発行所／株式会社　小学館
〒101-8001　東京都千代田区一ツ橋２－３－１
電話　編集　03-3230-5105
販売　03-5281-3555

印刷・製本／中央精版印刷株式会社

カバーイラスト／松井久美（ファンワークス）
デザイン／水木麻子

キャラクター原案／あだちなみ・あいはらひろゆき

Printed in Japan　ISBN 978-4-09-231225-8